LE DARD,

TABLETTES DRAMATIQUES.

De personis et de vitiis !

A PARIS,

CHEZ TOUS LES MARCHANDS DE NOUVEAUTÉS.

DE L'IMPRIMERIE DE CONSTANT-CHANTPIE,
RUE SAINTE-ANNE, N° 20.

1821.

[illegible]

[illegible]

[illegible]

AUX OISIFS.

L'OISIVETÉ et la flânerie, procurent à l'obser-
vateur des méditations curieuses sur les ridicules
des contemporains ; le scandale pourrait s'ensui-
vre ; mais, quand il s'agit de dévoiler les mille et
une folies du peuple dramatique, la susceptibili-
té ne devient que nuisible à nos plaisirs ; eh ! l'on
sait si nos plaisirs réclament des privilèges ! je
n'hésite donc pas à publier mes tablettes. Si je
n'ai pas le style narratif et piquant d'un anonyme assez indiscret pour révéler des confiden-
ces qu'un profond mystère devait enveloper, je
me console aisément de cette privation. Il est in-
digne d'un journaliste de trafiquer des secrets du
cœur et des productions licencieuses de son esprit, pour obtenir quelques louis d'une actrice
aimable et légère, qui réclame le silence de la
plume vénale de son dénonciateur, je n'ai pris,
moi, aucun engagement avec les courtisanes
fameuses, dont j'ai esquissé les portraits. Leurs

étourderies et leurs caprices rentrent dans le domaine du scandale. Mon libraire, qui débite beaucoup de ces sortes de drogues, sourit déjà à mes
pinceaux. C'est un grand génie qui écrit l'orthographe aussi bien que les Ladvocat et Colas. Souvent, lorsque je traîne mon oisiveté dans les galeries politiques et sentimentales du Palais-Royal,
je m'amuse de la suffisance et de la protection de
ces *étaleurs* ignorans. Pauvres auteurs! par
quelles filières vos manuscrits sont-ils obligés de
passer avant d'obtenir le cachet de la publicité!
cela me rappelle une soirée fertile en saillies, et
que n'aurait pas revendiqué la Minerve de madame Dufresnoy.

Je feuilletais les brochures de la Grosse Cava-
lerie Littéraire; les Cuizot, les Benjamin-Cons-
tant, les Bignon, et leurs oracles passèrent devant
moi comme des ombres. Puis, faisant diversion à
mes recherches, j'aperçois *le Rideau Déchiré*,
Guillaume le Flaneur, la correspondance curieuse de célèbres Duellistes de MM. Provost et
Charles Maurice. Je riais aux éclats, à la vue de
ces bulletins bien étoffés, qui me rappelaient les

exploits de nos plus grands capitaines ; quand un jeune homme, embarrassé de la présence d'oisifs qui, comme moi, promenaient leurs regards sur la montre de mon libraire, présente d'un air à la Bélisaire, un rouleau de feuilles de papier, où il jugeait en dernier ressort la vertu de nos actrices et le talent de nos auteurs. L'*Étaleur* lui dit : Ah! c'est vous, mon cher, je suis content de votre visite. L'édition de vos Censures Dramaque, est entièrement épuisée. C'est *du scandale* que vous m'apportez. Tant mieux! laissez-moi votre manuscrit; je le lirai de suite. Le maigre auteur se réjouissait déjà ; mais, ne voilà-t-il pas que le libraire jette un coup d'œil sur l'épigraphe de la production! comment? *Ars et Mores...* Vous commencez par du *latin*, c'est du grec pour moi; d'ailleurs, ça me semble trop graveleux...... — Lisez donc, reprend le solliciteur. Oh! non, non, MON comité m'a défendu d'acheter aucun opuscule, où le latin prédominerait, parce que c'est une preuve de pédantisme, et que les pédans sont ennuyeux!

Delaunay, son confrère, ne fut pas si suscepti-

iv.

ble. Il accueillit poliment le disciple d'Apollon;
il acheta son manuscrit. On n'en trouve plus un
seul exemplaire. — Voilà, mes amis, comme
on vous traite, comme on vous juge. J'aurais pu
rapporter textuellement cette conversation. Mais
par égard pour les libraires, dont *mon Dard* a
besoin, je dirai seulement que l'éditeur responsa-
ble du constitutionnel, si bien parodié par Gontier, aurait damé le pion à l'inquisiteur patenté.

LE DARD.

LA MAISON DE M. DESMOUSSEAUX.

IL ne suffit pas à des comédiens sans mérite et pétris d'orgueil, de recevoir un traitement et des pensions plus considérables que celle que reçoit un brave officier, qui pendant trente ans aura servi sa patrie avec gloire ; il faut encore qu'ils ajoutent au scandale d'un revenu exorbitant la morgue et l'insolence. Qui jamais se serait permis de dire comme Desmousseaux n'a pas craint de le dire, je suis *chez moi*? A-t-il donc oublié, ce sociétaire peu respectueux, qu'il était chez le Roi et non chez lui.

Les hommes de lettres qui enrichissent les théâtres de leurs productions méritent des égards. Ce n'est pas que je prétende ici m'ériger l'avocat de M. Charles-Maurice, car de toutes les personnes qui se consacrent à la rédaction des journaux, c'est celle qui mérite le moins de procédés. S'attachant à dénigrer des talens recommandables, il a cru que sa fortune allait s'accroître en portant le fiel et la peste dans le feuilleton du *Journal de Paris*. Geoffroy, du haut de l'Hélicon, a ordonné au profane de se retirer, puisqu'il ne pouvait jamais même remplacer son ombre. Des articles diffus, des personnalités grossières l'ont contraint de battre en retraite; il s'est fait poliment remercier. Il est vraiment fâcheux pour les auteurs que ce soit M. Charles Maurice qui ait donné lieu à la colère des comédiens Français, son nom seul aurait pu diviser les opinions sur cette étrange éconduction; D'ailleurs, sa demande paraissait inconvenante. Mais, l'intérêt et l'indépendance surtout qui doivent animer les hommes de lettres me fourniront quelques observations. J'oublirai aisément le provocateur de cette algarade.

Si un journaliste laisse entrevoir de la partialité en faveur de tels et tels artistes; et si, dans les revues quotidiennes, il sacrifie à ses affections le sentiment de la vérité, ce n'est plus qu'un être méprisable; je ne suis pas la cause, moi, du renversement des doctrines littéraires, les bévues, la cupidité, la *malice* de ces messieurs sont asssez spirituellement esquissées dans le vaudeville, l'*Homme Noir*. Tant pis pour eux ! mais, en général, nul de nous ne disconviendra que certains feuilletonistes ont rendu de grands services aux acteurs en les conduisant dans la route sûre des succès. Depuis que la politique envahit les colonnes consacrées aux saillies et aux épigrammes dramatiques, de misérables broyeurs de noir se sont mis sur les rangs ; et, sans aucune connaissance des anciens et de la scène, ils ont déclaré la guerre aux merveilles de notre siècle. Citerai-je les noms de cette foule de Liliputiens qui tranchent du géant? Non le scandale ne manquera pas aujourd'hui à mes traits, je leur ferai grâce, pour cette fois. Revenant à Desmousseaux, je lui dirai qu'il est bien singulier qu'un

chétif baladin comme lui se permette de lever la main
sur un homme de lettres, de lui proposer même un cartel.
Du moment, où il livre sa personne et sa vanité sur les
planches, il est chez le public; il semblerait que ce confident présomptueux se plût à renouveler le combat des
Centaures et des Lapithes. Demandez plutôt à M. Charles
Maurice, assez bon enfant pour se compromettre avec
un pareil mime, si des préliminaires indécens devaient
préluder à un duel aussi burlesque. Respectons-nous ou
que les cannes et les sifflets vengent la profession honorable que nous parcourons, des outrages et des in-
sultes d'une secte déjà trop fière de la grandeur de ses
domaines et de la sorte de considération, dont on la
laisse jouir.

N'est-il pas ridicule d'exposer sa vie, parce que dans
un moment de gaîté ou d'humeur, on aura plaisanté
sur la vertu de mesdames Bourgoin, Levert, Dupont;
les coups d'épées, que je ne redoute pas, ne m'empê-
cheront point de répéter que mademoiselle Bourgoin ne
sera jamais une excellente ingénue; que mademoiselle
Levert qui, par sa corpulence, vient de faire le procès
au carême, n'a plus pour plaire que son grasseyement
et sa physionomie; et qu'enfin madame Paradol, malgré son amour pour l'étude et sa belle taille, ne fera pas
oublier la démarche noble et le maintien éminemment
tragique de Mademoiselle Georges. Allez donc vous cou-
per la gorge pour quelques quolibets qui seront échappés
à votre esprit critique sur le compte et sur la vie de ces
princesses de théâtres, que Boileau, le goût et les
bureaux vous donnent la faculté de siffler chaque soir,
moyennant 2 fr. 20 cent. : sotises que tout cela !

Que Desmousseaux apprenne par les huées et les sarcasmes dont il est présentement l'objet, que s'il était vraiment chez lui, il empêcherait le brouhaha continuel qui accompagne son entrée et sa sortie de la scène tragique.

LA NYMPHE DE TERPSICHORE DÉSAPPOINTÉE.

L'ennui n'engraisse que les sots ; aussi, moi, qui veux rester maigre et fluet, je me donne un mouvement continuel. La machine télégraphique n'a pas une activité plus prompte que la mienne. Tout en ayant l'air de flâner, j'observe le monde ambulant. Je lis sur la physionomie de chacun son bonheur, ses affections et son espoir. Comparés à moi, Cagliostro et Lavater n'auraient été que des petits enfans. Par exemple, si je me promène vers les bains Chinois, j'aperçois l'agaçante A...... qui enrichit l'Opéra de ses gracieux entrechats. Surnommée la Belette, elle en a la légèreté : bonne, douce, aimable, compâtissante, A..... a la constance en horreur. Dévouée à la souplesse, ses sentimens sont toujours en cadence. Malgré ses caprices, son étourderie accroît chaque jour le nombre de ses adorateurs. les *poulets* pleuvent chez elles, comme les louis chez un milionnaire. N'importe le pays, le rang, l'âge, le jargon du soupirant, on est sûr d'avoir entrée à son hôtel, pourvu qu'on soit muni des certificats qui attes-

tent que la Banque de France fait honneur à la signa-
ture du donataire.

Il serait dificile d'ajouter foi à l'anecdote suivante.
Flânant, au café Tortoni, le chevalier.... se plaignait
amèrement de ses infidélités. C'est une coquette, s'écria-
t-il. Amans jaloux, sommes-nous malheureux !—Bah !
comment, ajoute le général Pa..., vous auriez la prétention de fixer le cœur d'A......, d'une danseuse de
l'Opéra. Folie ! Lors même qu'elle aurait la goutte, elle
marcherait sur ses mains pour courir de nouvelles aventures. Demandez plutôt au comte de Saint.....; il a
mangé cent mille écus à ses pieds. Le voilà bien avancé !
Quant à moi, pas si bête ; j'en suis pour ma berline :
je la laisse promener à son aise, et me suis arrêté à
temps ! Mais, je vous quitte, cher ami, le banquier
m'attend. C'est lui qui en a vu des grises. Si je vous
contais.... Trois de ses commis aussi... Mais la meilleure
farce...: Tout à l'heure ; (faisant signe à un de ses amis,
qui l'appelle, et qui s'impatiente), je te rejoins ; un seul
mot à à monsieur :

Aprenez que mon neveu est le principal clerc de M...
notaire rue *Saint-Honoré*. Il se prit d'une belle passion
pour A....... Ayant à lui remettre cent louis, intérêt
d'une somme que la charitable Terpsichore avait prêtée
je ne sais à qui ; Achille d'ailleurs jeune, bien fait et d'une
figure agréable, se présente à son domicile. La déclaration d'un amour qui *l'embrasait* et qui *le tuerait*,
si A...... lui refusait le bonheur ; cette déclaration à laquelle le solliciteur joignait deux rouleaux en or, eut
tout l'effet désiré. On l'accueillit avec empressement,
mon neveu resta trois jours dans les fêtes et les plaisirs ;

tête à tête délicieux, repas splendides, vins des dieux, rien
ne manquait à mon mauvais sujet! Bientôt, fatigué de
divers voyages qu'il avait fait à Cythère, il prit congé
de sa Laïs ; il rentra chez son notaire, en priant de
l'excuser d'une vacance qui n'avait été causée que par
une indisposition soudaine. On l'excusa sans difficulté.
Huit jours étaient à peine écoulés A...... vint rendre
visite au patron d'Achile. Elle demande les intérêts de
la somme prêtée : mais, mademoiselle, vous êtes payée.
—Comment ? non, vous vous trompez. Attendez, je
vais appeler mon principal clerc. En effet, le notaire
sonne. Achile sans se décontenancer, interpelle la cliente
de dire si en effet, elle n'a pas reçu deux rouleaux. —
Ah ! mon dieu, excusez-moi, j'ai la mémoire si courte,
qu'en vérité je ne sais plus ce que je fais. Monsieur n'a
pas exigé de quittance ; mais comme je n'ai qu'à me
louer de ses procédés, il peut revenir chez moi, quand
cela lui fera plaisir, je serai flattée de ses visites.

—Au revoir, un autre jour je vous narrerai bien
d'autres historiettes.

Merci, grand merci, je vous imprimerai tout vif, dis-je
au narrateur.—Serait-ce M. ***?—Jamais il ne laisse
rien perdre ; aussi, il recueillera avec avidité cette anecdote curieuse.

Mais ce qu'il y a de plaisant, c'est le billet d'in-
vitation d'un souper que mademoiselle A......, re-
doutant le scandale de la publicité voulut bien m'é-
crire, afin de m'empêcher d'insérer sur ces tablettes ce
fait comique. Je garde précieusement le billet, comme
l'une de preuves de mon empire sur le globe dramatique, et si je ne pousse pas la médisance jusqu'à placer

sous les yeux de mes lecteurs le *fac simile* du style et de l'orthographe de mon Amphytrion, c'est dans l'espoir qu'elle prendra des leçons *d'enseignement mutuel* pour l'écriture et la grammaire.

MESDEMOISELLES

Jenny-Vertpré, Percillée de l'Odéon. Un auteur et son manuscrit.

> Pauvres auteurs ! qu'un peu d'argent
> Vous indemnise de la gloire.

D'où vient cette joie, aimable Jenny? vos yeux sont aussi rayonnans que le soleil. Auriez-vous fait quelque heureuse conquête? tant de gaieté me surprend ! Je vais vous en expliquer le motif. Asseyez-vous auprès de moi. — Auprès de vous; quelle faveur insigne ! — Cela me coûte si peu de chose. Ecoutez.

« J'ai fait bien des cascades dans ma vie ; demandez à
» certain postillon de Varsovie, et au cousin-germain
» de Mahomet ; je domine sur le cœur des mortels sen-
» sibles à mes charmes. La nature m'a douée d'un tact
» subtil. Si je n'ai pas la vertu de Lucrèce, je ne dois
» accuser que mes penchans qui se portent vers la seule
» félicité. Je chéris mes plaisirs ; et, jusque sur le bord
» de la tombe, je serai prêtresse de la reine de Cy-
» thère. Pourquoi me plaindrai-je de mon sort? Chacun
» m'aime, chacun m'adore. La journée me semble tou-
» jours trop courte, puisque je n'ai pas le temps de

» lire la millième partie des *poulets* qui me sont adressés.
» Est-il occupation plus agréable pour une femme d'es-
» prit ! je n'ai pas besoin de voir la physionomie des
» soupirans ; leurs madrigaux me donnant la mesure de
» ce qu'ils valent.

» Hélas ! mes camarades envient mon destin, la ja-
» lousie dirige leurs traits ; et si par fois je m'avise de
» leur confier, quelques-unes de mes secrètes aventures,
» tout Paris les connaît aussitôt. Cependant, avouez
» avec moi, que *les hommes sont ici bas pour nos me-*
» *nus plaisirs.* Ils s'amusent par trop de nos affections
» pour que des femmes fortes de caractère ne s'empres-
» sent pas de les placer sur la scène du ridicule. La co-
» médie est au boudoir comme au salon. C'est à qui
» jouera mieux son rôle. D'ailleurs, mon talent est
» depuis long-temps à l'épreuve !

» Malgré tant de sujets d'allégresse, ce matin je fus
» un peu secouée par le chagrin. Un auteur, encore
» jeune, et par malheur instruit, je ne sais par qui,
» de mes espiégleries sentimentales, ne m'a-t-il pas en-
» voyé un soi-disant courtier de librairie, pour me dé-
» déclarer la guerre. Il m'a été facile de reconnaître
» que le courtier impudent n'était autre que l'auteur
» lui-même. Sans égard pour mes amis, il déchirait
» la gaze, qui cachait mes pécadilles. Il avait en outre
» grossi son manuscrit d'indécentes personnalités. Elles
» m'effrayèrent à un tel point que j'en tombai évanouie.

» L'indisposition ne fut pas longue : en femme adroite,
» je questionnai le pamphlétaire. J'étudiai et vis son
embarras..., Le prendre dans mes filets m'eût soulevé
» l'âme ! Je proposai donc d'acheter mes aventures ga-

» lantes. Le jeune homme se trouvant aux expédiens,
» n'étant venu chez moi que dans cette intention ; il
» ne se fit pas prier. Dix louis furent le prix de son
» silence ! »

—Je connais l'auteur ; c'est un jeune homme très-
spirituel, étourdi, inconséquent et logé à l'étage de
bien des hommes de lettres ; il cherche à trafiquer de sa
muse satirique. J'applaudis fort à votre résolution. Mais
êtes-vous certaine qu'il n'a pas le double du manuscrit
et qu'un jour il ne fasse des gorges-chaudes de votre
petit traité ?......

— Qui n'a pas entendu parler de mademoiselle Percillée ? c'est une actrice jolie, aimable, et qui tient à
sa réputation. Si ses fantaisies l'éloignent parfois du
cœur d'un Ministre d'état épris de ses attraits, elle retourne au boudoir plus contrite que jamais ; et un ten-
dre raccommodement signale son repentir. Comment
aussi une femme sensible et humaine pourrait-elle ré-
sister aux vives instances d'une foule de banquiers qui
viennent lui offrir le tribut de leurs hommages et de
leur amour ?

Cette belle tragédienne, que le public voit avec plaisir, parce qu'elle n'est pas dépourvue de talent et de
sensibilité, a reçu dernièrement la visite du même auteur. Il paraîtrait que la médisance manuscrite est sur
le point de faire fortune. Encore une victime de révé-
lations toujours fâcheuses !

Mlle. Percillée lui demande ce qu'il désire. — Quelques minutes d'entretien pour vous lire quelques pas-
sages qui vous concernent, lui répond le commission-

aiaire auteur. — Comment ? s'écrie le frère de cette intéressante actrice, vous vous aviseriez de faire imprimer
ces anecdotes ! — Savez-vous que je suis officier ? —
Tant mieux pour vous. — Savez-vous que je vous brû-
lerai la cervelle ? — Tant mieux pour moi ; vous me
rendrez un service d'ami. — Qui vous porte à causer
des chagrins à ma sœur ? — L'amour du scandale.... Au
surplus, vous m'avez menacé, je jette au feu mes sa-
tires, et suis prêt à vous suivre. — Un moment,
M. Tancrède, vous êtes diantrement pressé. J'admire
votre action ; elle ne restera point sans récompense.
Vous avez des moyens, il serait pénible de vous voir vé-
géter plus long-temps dans la boutique des libraires du
Palais-Royal. — Soyez assuré que je n'oublierai pas,
ajoute l'aimable Percillée, ce trait qui vous honore sin-
gulièrement à mes yeux : je suis en relation avec un Ministre puissant ; sous peu de jours, vous serez placé
dans les bureaux de son administration. — Je commence
à respirer, s'écrie l'auteur. En vérité, on est bien malheureux d'avoir de l'esprit, et surtout un esprit mé-
chant ; on attaque inconsidérément *les personnes les
plus recommandables*. Vous me rappelez au bonheur.
Grâce à votre protection, je pourrai renoncer à cen-
surer des *vertus* chères au parterre. — Comptez sur ma
sollicitude ; quand bien même les emplois seraient pris,
il faudra qu'on en trouve un pour vous, ou.... — N'a-
chevez pas !

L'anonyme se retira en disant, à l'instar du solliciteur : *Lorsqu'on est maigre, fluet et audacieux surtout, on arrive....*

LE DUEL FÉMININ.

Qui ne connaît l'intéressante soubrette à qui M. Guil.... de Pix........ a fait souvent faire le voyage à Bagatelle? Qui ne connaît M...., autre mélodramaturge prétendu rival de Corneille, et long-temps épris des charmes et du talent de l'intéressante Zoé. Sa démarche goutteuse ou boiteuse sont les titres de recommandation qu'il offre aux dames de ses pensées. Les dédains dont l'abreuva la piquante Zoé ne l'épouvantèrent pas; car, chaque soir, dans les coulisses de l'Ambigu, il ne cessait de soupirer après une faveur qui devait combler ses désirs. La publicité que le *bibliographe dramatique* donna à ses amours, le rendit, assure-t-on, plus circonspect. Il déserta les coulisses de M. Audinot; il renonça pendant plusieurs semaines à afficher ainsi ses sentimens. Mais, bientôt esclave de la passion qui le dominait, il persévéra de nouveau.

Soit pitié, soit crainte, soit bonté, soit complaisance, enfin, que sais-je? les caprices des dames sont bizarres; il n'en est pas moins vrai qu'un souper chez *Bertrand* fut accepté. On s'entretint là du bonheur de donner un bonnet de Moïse au Corneille des boulevards. On ne se borna pas à l'entretien..... Qu'y fit-on donc? ce qu'on y fit, je pourrais vous le dire, mais je me tais par respect pour les mœurs.

Tout se passait le mieux du monde, et au gré du

vainqueur, quand une tierce-personne avec laquelle celui-ci avait des rapports, se présenta pour parler à Zoé. Son langage, sa tournure n'annonçaient pas une princesse de mélodrame. C'était simplement une modiste de la *rue Vivienne*, qui depuis des ennées conservait une violente passion pour le *beau* Narcisse. Armée de ses poings, Mademoiselle Fanny, c'était son nom, venait proposer à sa rivale un duel dans toutes les formes. En vain, l'amant étonné réclamait le silence. Impossible! deux femmes peuvent-elles se taire, quand la jalousie les tourmente? Pour réponse, M..... reçoit un soufflet bien conditionné. Bouteilles, assiettes, verres, table, tout fut jeté, renversé çà et là. Jamais Hélène ne causa un pareil désordre dans le camp des Troyens!

Zoé jouait le sentiment à merveille, elle avait beau lui déclamer les phrases redondantes de Guilbert de Pixérécourt, la modiste ne voulait rien entendre. — Ces discours tiennent au commerce des coulisses, vous périrez, s'écria-t-elle. — Voyez-vous le pauvre mélodramaturge se démener en cent façons avec sa pauvre jambe, et recevoir maintes croquignoles de la main de la *charmante* Fanny!

Quel désagrément pour une actrice aussi aimable, aussi compatissante, d'aller sur le terrain! Extravagance! il le fallut cependant. Alors, reprenant ses sens et sa raison, elle dit à la jeune téméraire : vous voulez vous boxer, j'accepte; mais redoutez ma fureur et mon adresse; les *hercules du Nord* ne se doutent pas de mes talens. En avant.

Fanny boxe pendant quelques secondes. Hélas! le

peu d'habitude qu'elle avait du pugilat la perdit infail-
liblement, en donnant l'avantage à sa rivale. Le sang
allait couler, quand je survins et menaçai les duellistes
de parler du combat singulier dans mes tablettes, si elles
ne mettaient un terme à ce scandale. La menace fut
écoutée, et le calme se rétablit aux dépens de M.....,
qui relève à peine des douleurs et des contusions que
lui causèrent les *véhémentes* CARESSES de sa chaste et
douce moitié.

Cette aventure guérira sans doute ce mélodramaturge
de la manie dangereuse des infidélités. Amans capri-
cieux, redoutez de pareils excès; le ridicule et la risée
vous poursuivraient sans retour!

IMBROGLIO.

C'est une singulière coquette que la renommée. Ses
caprices ont tellement de sympathie avec les erreurs de
la fortune, que bien souvent, on serait tenté de la
prendre pour sa sœur? Par exemple, demandez à messieurs Royou et Gosse où ils ont étudié l'art des Corneille et des Molière. L'un vous répondra que c'est aux
soirées savantes de l'Athénée qu'il a conçu l'idée de
composer son sententieux Phocion, et en dernière ana-
lyse, sa *vertueuse* Zénobie, qui, semblable aux épou-
ses parisiennes, ne regardait la couche maritale que
comme une corvée. L'autre ne répondra aux justes sifflets du parterre que par des proverbes d'estaminet. Cependant, le journal des débats et le Constitutionnel

brûlent l'encens de la flatterie sur l'autel du mensonge. A en croire Mons Duviquet, M. Royou est le Racine du siècle, tandis que M. Evariste Dumoulin élève aux nues, pour cause, l'auteur du *Flatteur*, sans toutefois oublier le libraire Ladvocat, qui, par son zèle infatigable à reproduire les monstruosités romantiques, mérite aussi de son côté, une mention honorable dans les annonces consacrées aux nouveautés. Où diable la justice et la raison vont-elles se nicher ?

Demandez encore, si vous êtes curieux, pourquoi M. Picard, qui marcha long-temps sur les traces de Marivaux, est tombé dans une paralysie complette en traversant les ponts, et en allant se loger au carrefour de l'Odéon. Les mœurs du faubourg Saint-Germain n'ont pas paru favorables à ses observations; ses saillies n'ont pas même obtenu un sourire des enfans d'Esculape ni de Cujas. Malgré cette décadence sensible, maints feuilletonistes improvisés ont adressé des éloges au père d'une *maladroite intrigue*, qui, tout confus, se retire à la Chaussée-d'Antin, dont naguère il faisait les délices. Ses amis prétendent que ce changement d'air lui était nécessaire. Sa santé littéraire en éprouvera une étonnante amélioration; je le souhaite pour nos plaisirs, mais M. Picard doit connaître la chanson :

> Ils sont passés ces jours de fête,
> Ils ne reviendront plus.

— On ignore, au Palais-Royal, les désagrémens auxquels demeurent en proie les artistes sociétaires du Second-Théâtre-Français. Dieu soit loué, si, dans le changement qui vient de s'opérer à l'Odéon, Chazel, Armand,

Thénard, Provost, Auguste, prennent la diligence de Pontoise, ville où des artistes d'un mérite aussi *distingué* que celui de ces comédiens sont sûrs de n'y jamais mourir defaim ; car les habitans payent leur entrée en livres de farine, de même que les briards payaient jadis la leur en fromage.

La nomination de M. Gentil à la place de directeur du Second-Théâtre-Français permet d'attendre d'heureuses métamorphoses dans le zèle et le talent d'un auteur justement aimé.

—Egard au sexe! telle est la devise des damoiseaux du siècle ; ils ne veulent pas à toute force que des femmes qui passent leur vie à se moquer des soupirs et des passions de leurs victimes, soient à leur tour plaisantées sur la scène du scandale. La vertu ? il s'agit bien de vertu, lorsque la vocation théâtrale est pour les demoiselles, au conservatoire même, un monopole dont elles profitent déjà sur les bancs de l'école. Ne vous semble-t-il pas entendre un voleur parler de sa probité tout en vous enlevant votre montre ou votre mouchoir ? Dès l'instant où une femme a jeté le voile, son jeu comique, ses étourderies, ses conquêtes et ses défaites rentrent dans le domaine d'un écrivain, qui né doit pas conserver plus de pudeur que le graveleux Pigault-Lebrun.

Théodore, l'un de mes amis, Roger-Gaillard, qui prend le temps comme il vient, et les actrices pour ce qu'elles sont, me racontait, il y a peu de jours qu'il existait rue de Richelieu, un rez-de-chaussée renommé par les exploits galants de maint Lovelace. Chaque soir,

mesdames, P..... B..... se rendent depuis plusieurs
semaines dans ce boudoir charmant. Nos actions sont
à la baisse, disent ces aimables étourdies, nous venons
ici jouer à la hausse. *La Famille Glinet* avait enor-
gueilli nos prétentions. La moisson des cachemires
était abondante. Joanny est arrivé : Thalie et Melpo-
mène n'ont pu demeurer d'accord. La guerre a été dé-
clarée, et les schals à la *Ternaux* ont remplacé les productions du Thibet. Comment pourrions-nous exister,
avec une pareille parure ! des tours de passe-passe ont
dû nécessairement contribuer au retour de la fortune
des prêtresses de Vénus. Avec quel empressement ne
les voit-on pas offrir leurs hommages au seigneur Ju-
piter. Nouvelles Danaës, la pluie d'or ne les effraye pas ;
et si les sacrifices à l'enfant de Cythère sont diminués
de prix, il ne faut en accuser que les circonstances et
la dégradation des mœurs, tant de concurrentes sont
sur les rangs ! La police n'a jamais eu une plus belle
occasion d'augmenter le droit de soumission accordé
à des nymphes qui, assurément, en sont moins dignes
que mesdames telles et telles.

Eh ! comment va, cher Théodore ? me dit récemment la belle P.... j'étais inquiétée de ne plus vous voir
à l'orchestre. N'est-ce pas, c'est une place soporifique ?
Mlle. G.os nous assomme, elle veut faire sa princesse !
Encore ces benins de journalistes qui l'encouragent
dans ses débuts, tandis qu'ils n'ont rien écrit d'aimable
sur le talent reconnu de notre camarade Délia, qui,
souvent, laisse bien loin derrière elle la volumineuse
Leverd ! Ces prédilections injustes offensent le vrai mérite.

— Mais, de quel côté tourniez-vous vos pas, ma chère .....? — Vous savez que j'ai renoué avec la....; — Fi donc, est-ce que les manes de Raucour...... — Quel soupçon injurieux! — C'est un vice à la mode; quand on est las de jouer du violon, on s'adonne au cor. Vos amies s'appliquent fort bien à ces plaisirs *précieux*. Pourquoi vous qui......—Connaissez-moi mieux, je chéris l'humanité ; le dérangement de mes affaires seul m'oblige...... Mais vous serez toujours le sultan de mon âme. Quand vous désirerez me voir à la dérobée, dans le beau quartier, depuis onze heures jusqu'à minuit, je suis toujours là!!....

— Je ne blâme pas cette folie. Inscrite sur mes tablettes, je lui donnerais, si j'étais le Moniteur, une plus grande publicité. Ce serait peut-être le meilleur service rendre à Mademoiselle P....!

Mettons-nous aux pieds des faiblesses des femmes, et si nous obtenons la faveur d'un caprice, entonnons vite l'hymne de la reconnaissance, afin que l'on ne nous accuse pas d'hypocrisie, d'ingratitude ni de silence.

Si mademoiselle P. pense que la vie est trop courte, qu'il faut en charmer l'ennui par les jouissances de la sensiblerie; Mademoiselle G., son amie, ne se livre pas à de semblables émancipations. La haïne, dont elle prononce si tragiquement les fureurs, règne aujourd'hui au fond de son âme. Cet élégant commis chapelier qui, les dimanches et fêtes, ne cessait de se montrer aux avant-scènes, et qui par ses preuves d'amour, avait eu le bonheur de plaire à la larmoyante Andromaque, ce héros de boutique, n'a-t-il pas tout-à-coup rompu les nœuds de la tendresse. Mademoiselle M. de l'Opéra-Comique, a été le principe de cette rupture. Quel ou-trage!.. Les femmes pardonnent-elles jamais ce dédain? Aussi, mademoiselle G. se donne-t-elle maintenant des airs d'indisposition. Elle a la manie de s'habiller en homme. Munie d'un long passe-partout, cette géné-reuse rivale s'amuse à siffler l'aimable cantatrice. Déjà, quarante-huit heures de *violon* ont été le prix de sa sol-licitude. s'arrêtera-t-elle enfin à la menace de l'autorité qu'a promis de rétablir le *Fortlévesque* pour hâter sa contrition ?

— Des actrices aux auteurs, il n'y a pas cent lieues, puisque sans les hommes de lettres, nos modernes Ar-noult n'auraient pas les moyens de briller, ni d'acquérir une double réputation. Honneur donc à nos efforts, grâces à leurs talens !

Aussi impartial à l'égard de mes confrères qu'envers ces dames, je saisirai avec transport les ridicules qui s'offriront à mes traits, la justice sera toujours ma bous-sole, et s'ils l'exigent même, j'évoquerai l'ombre de Voltaire, cet ardent ami de la vérité.

Descendant jusque dans l'arène gymnastique, je fé-liciterai M. Delestre-Pocison, sur le silence de sa muse. Le nom de M. Scribe, vient se présenter naturellement au contraire à la louange; et malgré mon humeur noire, je lui dirai : composez toujours avec esprit, mais dé-fiez-vous de votre facilité, tout en songeant à la gloire à venir, c'est la fumée après laquelle courent les artis-tes, grands ou petits, ignorans ou savans. Depuis que M. Moreau s'est brouillé avec le Vaudeville, ses couplets

sentent le boulevard et le Pont-Neuf. Il semble en quelque sorte avoir *suicidé* son esprit, tant il est pauvre
d'épigrammes de bon ton. M. Sewrin, que l'on croyait
mort, vu la disette de ses productions, a renoncé à en-
dormir les habitués de Feydeau. Il a préféré signaler
l'ouverture du Gymnase, par l'espiéglerie d'un *gastronome* qui se trouve dans la position où plus d'un
artiste se rencontre si fréquemment; on prétendait
que M. Sewrin avait perdu sa place au ministère de
l'intérieur; on l'accusait d'employer son temps au bureau à composer des niaiseries... pour Brunet, tandis-
que le ministre lui avait donné un rapport à faire sur
les *foins*; c'est une farce!

Je m'attendais toujours à voir M. Merle, qui a dé-
serté les Variétés, revenir chez ses pénates. Mon at-
tente a été déçue. Le mélodrame seul occupe ses veilles,
et si parfois, il *fredonne* rue de Chartes, ses flons-
flons ressemblent assez à la prose du traducteur de
Schiller. Mademoiselle M.... semble la divinité qui
s'attache à son sort; il est malheureux que les inspirations de la dame de ses pensées ne passent point la
rue *Fontaine-au-Roi*, près de laquelle elle fixe sa ré-
sidence : tout-au-plus, si voisine du Cirque Olympique,
elle lui donne jamais l'idée de composer un mi-modra-
me. Homme d'esprit, d'ailleurs, bon ami, chérissant
Momus et la folie, M. Merle, connaîtra le labyrinthe
dans lequel il s'égare, et je ne veux pas être le dernier
à lui envoyer le fil d'Ariane.

Je ne puis garder le *tacet* sur le compte d'un jeune
auteur; dès l'âge de 18 ans, il consacra l'hommage de
ses talens aux Lyonnais, qui accueillirent ses vaudevil-

les avec enthousiasme. M. Carmouche saisit parfaite-
ment le trait du couplet. Il est digne de travailler avec
MM. Rougemont, Scribe et Mélesville. Quelquefois
il associe à son nom des Lapons littéraires. Il a tort!
M. Frédéric de Courcy est aussi un Néophyte qui
marche à grands pas vers la réputation des Francis,
des Gabriel et des Rochefort, tous trois gens d'esprit.

A propos, j'allais oublier le fabriquant en chef, l'im-
mortel Brazier! depuis Pantin jusqu'à Nanterre, on ne
parle que de ses couplets; il est vrai que dans les gran-
des villes, il ne jouit pas de la même vogue. C'est un
outrage que sans doute un jugement de la police correc-
tionnelle informée de plaintes aussi sacrées, s'empres-
sera de venger. Cette apostrophe ne touche que la vanité excessive de cet auteur. Il a composé de jolis ouvrages que moi-même j'applaudis souvent.

J'ai laissé au Gymnase les honneurs de la critique.
La nouveauté de son institution commandait cette bien-
veillance particulière. Je parlerai avec non moins d'é-
gards du Vaudeville.

Grâce à l'habileté du joyeux directeur de ce théâtre,
la fortune de l'administration est à jamais assurée. Sa
muse gaie et folâtre, a fixé le destin du domaine de Piron. Notre premier chansonnier mériterait cependant
quelque reproche. Il oublie depuis plusieurs mois qu'il
est le dieu de nos plaisirs; sans ambition, et n'imitant
pas certain directeur qui ressemble assez au procureur
de la fable de Lafontaine, il stimule le zèle et le talent
de jeunes auteurs qui sont bien loin de nous reproduire
même l'image des pièces originales, dont M. Désaugiers
est l'auteur.

Tant qu'on aimera à rire en France, le Vaudeville sera le sanctuaire du bon goût. Deux ou trois transfuges ont pu quelques instans inquiéter le caissier. Le public les a revus indifféremment au *Gymnase*.

— C'en était fait des jocrisse, si Brunet eût succombé à ses douleurs, le retour de Potier dans sa patrie doit, dit-on, opérer une brillante métamorphose aux Variétés. Ce ne sera pas la seule ; car, mesdemoiselles Aldegonde, Pauline et Cuisot, ont juré sur le Styx, de renoncer à me rendre désormais le narrateur d'anecdotes piquantes dans lesquelles elles ont joué jusqu'ici le rôle principal. *O tempora, o mores !!*

— L'ouverture du *Panorama Dramatique* s'est faite sous de bons auspices : MM. Rougemont et Carmouche, sous le titre de M. Dumarais ont mis de la gaieté et beaucoup d'esprit dans le prologue. M. Fréderic a, vaincu la difficulté de ce genre nouveau, qui n'admet que deux personnages en scène. Ses efforts, réunis aux admirables illusions de M. Allaux, ont été couronnés d'un plein succès. Je ne parlerai pas des acteurs ; on ne doit trouver sur un théâtre à machines, que des machines ! le système des compensations du bon-homme Azaïs s'étend jusques sur le boulevard du Temple !

On ne *déjeûne plus* ; c'en est fait, MM. Merle, Scribe, Ferdinand, etc., ont résolu de nous priver désormais de ce repas qui nous était quelquefois agréable. La Mort des *Enfans* de ces messieurs, ne m'a cependant pas surpris. Comment en effet pouvaient-ils les subs-

tanter avec des articles contradictoires, et cet assaison-
nement d'épigrammes qui le plus souvent portaient à
faux. Vingt hommes de lettres peuvent avoir de l'esprit;
c'est la denrée à la mode. Mais, la quantité ne vaut pas
la qualité.

Par exemple, je reprocherai à ces auteurs l'incohé-
rence de leurs opinions, et la satyre inconvenante qu'ils
jetèrent sur les tables du café *Minerve*, contre un col-
lègue estimable, et que le Roi a nommé à la place de
M. Picard. Les sentimens honorables qui ont toujours
guidé M. Gentil dans sa route politique et littéraire;
puis, les ouvrages gais et ingénieux dont il a enrichi,
avec son fidèle ami Désaugiers, les répertoires des
divers théâtres de Paris, ont dû faire nécessairement
pencher la balance de son côté

— Quoique ces trépassés ressuscitent sous un autre
titre, jamais leur société trop nombreuse n'obtiendra
le succès et la fortune qu'ils ambitionnent. La palino-
die est un chant de circonstance. Mais, lorsqu'il s'agit
de composer et de publier un *journal des théatres*, le
premier point est de s'entendre, et de ne pas faire
comme dans la tour de Babel, où les *ouvriers* parlaient
20 langues différentes, sans se comprendre.

—Jeanne d'Arc ! Messieurs Théaulon et Dartois;
remerciez le chevalier Carafa, c'est le génie qui a
illustré votre composition. Vous nous prouvez qu'il
n'est pas nécessaire de montrer de l'esprit pour obté-
nir des faveurs du parterre.

Ne désertez pas le vaudeville; c'est là, que vous

pourrez encore cueillir des lauriers dignes de votre muse légère et satirique.

Le *jeune oncle*, bien joué par Huet, parcourt sans obstacle la route que lui a tracée son habile anteur.

— *Brunehaut* et *Frédegonde* opèrent toujours merveilles à l'Odéon.

Mesdemoiselles Anaïs et Fitzelier sont de retour dans leur vraie Patrie.

Mademoiselle Guérin reprochait dernièrement à sa camarade Fitzelier d'être toujours dans l'ivresse : Il te convient bien, lui répondit cette actrice, de m'adresser un tel reproche ! « Cette princesse de la rue *du Grand* » *Hurleur*, qui déclame comme je chante, ne veut- » elle pas faire aussi son petit censeur. Toi, je te con- » seille d'aller t'enivrer chez Bancelin, ça te donnera ce qui te manque. Tu pourras alors dire comme moi :

Quand on va boire à l'Écu, *etc.*

Pourquoi avez-vous quitté le gymnase, demandait Damas, qui par parenthèse, ne perd pas l'habitude de cracher au visage de son interlocuteur, toutes les fois qu'il parle, à la charmante Anaïs : c'est que *mon* Monsieur me disait toujours que j'avais l'air d'une fille de Boulevard, répondit l'aimable ingénue.

— Le Gymnase revient à l'Opéra-Comique. On ne parle que de son *parrain* : c'est un Jocrisse. Eh ! *la Meûnière !* personne ne va la voir.

— Talma rencontrait dernièrement un de ses amis. Il paraissait très-*affairé*. Où vas-tu ? lui dit-il. Manlius répondit en riant, à la répétition *chez M. Desmousseaux* !!

— Le digne successeur de Piron a engagé deux acteurs qui font plaisir : Victor, et Constant. Mademoiselle Pauline Geoffroy est engagée de nouveau aussi au théâtre de la *rue de Chartres*. Qu'elle se borne à chanter de petits airs; son jeu est semillant, son minois est gentil, le public la verra avec plaisir.

— Je conseille à Philippe de varier plus ses gestes et de faire moins de pièces pour les boulevards. Il devrait plutôt songer à se grimer davantage et à ne pas se montrer toujours le même. Il a du talent, il profitera sans doute de l'avis gratuit !

— On ne parle que de révolutions, au théâtre de la porte St.-Martin ; M. Lefeuvre doit renoncer à la direction, M. de Saint Romain doit la reprendre ; M. Dubois se mêle aussi de la partie; OEdipe seul pourrait nous dire le fin mot.

Les acteurs ne manquent pas; mais c'est l'argent et le zèle qui ne viennent pas en poste.

Emile, Philippe, Pierson, sont dignes par leurs talents de soutenir ce vaste édifice; et les ballets de M. Blache, fils, ne sont pas le moindre appât qui ramener la foule.

— J'invite M. Varès de l'Ambigu-Comique de conseiller à mademoiselle Palmire, de porter des manches longues, je ne lui dirai pas comme Orosmane, à Zaïre :

L'art n'est pas fait pour toi, tu n'en as pas besoin !

Mais en bon matelot :

Ton maintien est décent, et ta voix est charmante;
Mais, cache donc tes bras, leur maigreur m'épouvante.

Un mauvais plaisant ne s'est-il pas avisé de s'écrier un jour, en plein café, que pour 75 centimes on pouvait voir les *ruines de Palmyre*.

—Depuis que M. Frédéric régit le théâtre de la Gaieté, la joie a repris ses grelots.

Ferdinand est un acteur plein de sensibilité, il joint à une belle physionomie une voix agréable et sonore; Marty est encore dans toute la vigueur de son talent. Mademoiselle Adèle Dupuis, réunit à une diction pure, une grâce et une aménité étonnantes. Ce concert de talents promet des soirées delicieuses aux habitans du Marais. Mademoiselle Emilie Hugens, qui n'a que la prétention de plaire, développe aussi des moyens que le public apprécie mieux aujourd'hui. Les débuts de Lemercier et de mademoiselle Gougibus ont été très-heureux.

Je ne puis me defendre de payer encore un tribut d'éloges à M. Lefevre, ses ballets sont toujours originaux et variés. On y voit figurer avec satisfaction, Petit, Cheza, mademoiselle Aurore, Salkin et Lebel.

La *Sorcière* est en grande faveur auprès des habitués des boulevards.

Je crois remplir le vœu de l'amitié, en insérant ici l'épitaphe qu'Emile acteur-chansonnier, très-spirituel, a composé sur Basnage, dont nous regretterons long-temps la perte :

Sous cette pierre, un ami dort en paix !
De l'amitié, si tu connais les charmes,
A nos justes regrets, passant mêle tes larmes,
Qui le connut un jour, ne l'oubliera jamais !

—M. Désaugiers vient d'être nommé chevalier de la Légion-d'Honneur ; c'est un hommage rendu à ses talens admirables et à son vif amour de la royauté.

Me voilà parvenu au terme de mes esquisses, je n'aurai pas la prétention de plaire à chacune des aimables nymphes, dont j'ai publié des folies et des passes-temps ; mais, en revanche, les amis de la gaieté auront souri à mes anecdotes, quelque scandaleuses qu'elles puissent être. Je ne me suis point départi de mon épigraphe *de personnis et de vitiis*. Je laisse au peintre habile de nos mœurs un travail plus noble : la haute société lui fournira encore plus d'un tableau digne de la plume d'Adisson et de Lemercier. Quant à moi, je ne fais pas mes adieux aux prêtresses de Therpsicore, ni aux disciples de Thalie ; je suis à la piste des aventures nouvelles qui viendront grossir mes essais critiques, et je ne garderai le silence que quand les auteurs n'auront plus de vanité, les acteurs plus d'insolence, et que quand, enfin, les actrices deviendront des Lucrèces. Hélas ! ma vie sera trop courte pour voir cette métamorphose ; en attendant, je ne cesserai d'observer, d'écouter et de faire gémir la presse sous le poids des ridicules de la secte dramatique.

LE DARD,

TABLETTES DRAMATIQUES.

De personis et de vitiis !

SUPPLÉMENT.

À PARIS,

CHEZ TOUS LES MARCHANDS DE NOUVEAUTÉS.

DE L'IMPRIMERIE DE CONSTANT-CHANTPIE,
RUE SAINTE-ANNE, N° 20.

1821.

AU PUBLIC.

Uɴ être, comblé de mes bienfaits, avec qui je partageais ma bourse et mes repas, a voulu me remercier de ma sollicitude; il vient, après m'avoir dévalisé (1) à différentes reprises, de me dénoncer à la face de l'opinion publique! Le nommé Philadelphe-Maurice Alhoy, courtier-auteur, qui ne vit maintenant que des largesses d'une actrice assez compatissante pour l'alimenter, et contre laquelle il avait dirigé ses traits acérés, ce vil calomniateur me force de rompre le silence!

Je ne répondrai que peu de mots à ses assertions mensongères : tout ce qu'il a pu avancer sur ma conduite est faux et inventé à dessein. Si,

---

(1) Je prouverais, par témoins, s'il en était nécessaire, ces griefs véritables; M. Charles-Maurice a refusé d'insérer la réponse que je lui ai adressée le même jour que ce distillateur de poisons a publié dans son journal les calommies d'Alhoy. Cette conduite étrange a eu lieu de m'étonner. Etant indisposé depuis long-temps, je n'ai pu aller trouver cet homme de lettres et m'expliquer vertement sur son refus mal motivé. Je déclare ici que je ne tiens pas quitte M. Charles-Maurice de sa perfidie! J'abandonne au mépris public Alhoy et ses dénonciations; mais jusqu'au moment où le rédacteur du *Courrier des Théâtres* aura *daigné* souscrire à ma juste demande, je suis en droit de le prendre à partie!

Je rendrai plus de justice à MM. les propriétaires du *Courrier des Spectacles* et du *Miroir*. Ils ont refusé l'insertion des infamies renfermées dans la lettre d'Alhoy.

après avoir perdu l'honneur, en comblant d'ingratitude celui qui l'a substanté long-temps; si Alhoy avait quelque chose à perdre dans le monde, je l'aurais de suite traduit devant les tribunaux! Là, j'aurais administré des preuves, des témoignages, des lettres qui auraient donné aux magistrats la mesure de la confiance que méritent ses injures! Je suis possesseur de pièces dont je n'ai pas fait usage jusqu'à ce jour, par respect pour sa famille; qu'il me sache gré de mes réserves. Je le sauve encore de la rigueur des lois!

J'avais composé une réfutation détaillée, dont mes amis ont pris lecture; je devais entrer dans des personnalités affligeantes. Ils m'ont conseillé de mépriser les attaques d'un moderne Spalatro. Il est des outrages qui ne blessent pas, m'ont-ils observé, quand ils sortent d'une bouche impure!

Que cet imprudent recherche auprès de mademoiselle Percilliée les moyens d'utiliser ses talens au profit d'un Ministre d'état qui solde les dénonciateurs et les espions; je suis loin d'ambitionner l'exercice d'un pareil rôle! mais, qu'il se garde à l'avenir d'attaquer la réputation de ceux-là même que ses mains de *Spartiate* n'ont pas craint de frustrer, on oubliera ses turpitudes et ses larcins.

CHARLES ROBERT.

LE DARD.

IMBROGLIO.

—

Mesdemoiselles . . . .
ont dû être courroucées de l'indiscrétion de leur
biographe. En fait de vertu, ces dames ne plai-
santent pas! Quelle révolution n'a pas causé le
scandale de la vérité dans maints boudoirs célèbres? Mesdemoiselles Bourgoin, Leverd, De-
merson sont sur les épines. Le vil auteur qui
s'est chargé de continuer les notes biographi-
ques ne les ménagera certainement pas. Les aventures galantes de ces Laïs sont, assure-t-on, sous
presse. *Guillaume le Flaneur* se promet d'en
recueillir une moisson abondante. Si les affaires de
ces actrices n'ont pas éprouvé de déconfitures,
je leur conseille de venir au secours de ce misérable hère. Qquelques louis de plus ou de moins

ne peuvent les ruiner ; d'ailleurs, douées de charmes et de talens que le public paie généreusement chaque jour, elles ont des ressources financières qui fermeraient la bouche à leur dénonciateur. Mais, par exemple, en conseil charitable, je les avertirai de ne pas se livrer avec lui à de doux et sensuels épanchemens. *Guillaume le Flaneur* n'imite pas la discrétion de feu le vicomte de Choiseul. Quand bien même cet écrivain aurait eu le bonheur de faire porter le bonnet de Moïse à l'empereur de Maroc, il n'aurait pas la politique de se taire. N'est-il pas désolant pour les mœurs qu'un Adonis de sa façon vienne entretenir, chaque soir, les libraires du Palais-Royal de la sollicitude toute particulière que lui témoigne la belle et aimable Percilliée. Il compromet cette tragédienne, il ne sait pas lui-même à quoi il s'expose : M..... ministre d'état lui refusera sa protection, et s'il continue à publier ses prouesses amoureuses, il est possible que monseigneur A...., que l'on dit être le *Monsieur* de cette intéressante actrice, l'envoie chanter sa victoire aux fous de Charenton. Qu'il apprenne qu'on ne doit jamais plaisanter sur les faiblesses des maîtresses des gens en place.

L'esprit est de bon aloi dans ce siècle : aussi le *Biographe* qui se livre avec transport aux

inspirations de son ingénieuse Minerve, se pro-
pose-t-il d'établir, quand la curée sera forte,
une *agence générale de médisances et de calom-
nies manuscrites.* Le sieur Charles Maurice de-
viendra son unique prôneur. Il sera chargé de
l'honorable place de caisssier ; les recettes ne
pourraient demeurer en de meilleures mains !

Pauvre *furet*! tu ne t'attendais guère à deve-
nir un directeur de contributions ; tu as donc
une conscience bien commode. Aujourd'hui,
blanc, demain noir, après-demain tricolore.
Celui qui t'accuse paraît n'avoir jamais lu tes
esquisses politiques. Rien ne doit étonner de sa
part. Il juge tes opinions, comme il a jugé les
talens des premiers artistes de l'Opéra et du second théâtre Français, où il n'a pas mis les pieds
deux fois en sa vie. Cette accusation de Camé-
léonisme me rappelle une plaisanterie d'un dé-
puté qui reprochait à ses collègues d'être tantôt
dans les *loyaux*, tantôt dans les *déloyaux* et le
plus souvent dans les *aloyaux.*

Ce maladroit adversaire semble m'accorder un
talent digne de nos premiers publicistes ; car on
n'achète, on ne salarie pas un écrivain médiocre.
Il serait capable de me faire perdre la tête, par
excès de vanité : mais non, l'orgueil n'est que le
privilège de sots ; et je préfère vivre ignoré !

—L'héroïne de Domremy vient de ressusciter : la sémillante Pauline Geoffroy, insultée par un Anglais, dans les coulisses du Vaudeville, a souffleté l'impoli solliciteur ; le parterre qui a entendu le bruit du soufflet, a crié : *bis !* C'est au bois de Boulogne que doit se terminer cette affaire d'honneur. Je souhaite que ce gentelmen, qui n'est pas un *Talbot*, rende les armes à la gentillesse de cette courageuse et moderne Jeanne !

—Le Gymnase s'adonne aux puérilités ; mais il faut que je l'avoue, l'enfant qu'il présente chaque soir à nos applaudissemens, est une gracieuse merveille.

Gontier se plaignait à Perlet de la gaucherie qu'il avait commise, en quittant la *rue de Chartres* où il était le premier, tandis que lui, Perlet, porte le sceptre. Le *gastronome* lui répondit sur un ton tragique :

Il fallait demeurer près de l'aimable Bras ;
Le souverain pouvoir ne se partage pas !

—Je ne m'étais pas trompé : les cachemires et les rubis vont redevenir à la mode au second Théâtre-Français. Trois négocians turcs, tout récemment arrivés d'Andrinople, d'où les Grecs les ont chassés, ont déjà jeté les yeux sur mesdemoiselles Brocard, Guérin, Anaïs et Clairet. Ils sont persuadés que ces dames sont trop chrétiennes pour leur déclarer la guerre. Ces charmantes odalisques ont promis aux fils de Mahomet une tendresse égale à la valeur...... de leurs sentimens !

L'administration de M. Gentil prospère à la grande satisfaction des amis de cet habile et estimable directeur. Mademoiselle· Georges a des droits à la faveur du public et à la justice des magistrats. Sémiramis gagnera son procès. Le célèbre Moreau, qui profite de la captivité de la moderne Sybille, a été consulté. L'oracle a parlé : avant un mois, cette belle reine remontera sur son trône. Cette prophétie a causé une telle frayeur à la princesse Elisabeth de la *rue de Richelieu*, qu'elle a demandé un congé pour aller prendre les eaux

On parle dans les salons d'une nouvelle tragédie de M. le Mercier et d'une comédie de M. Fulgence. Ces deux noms sont devenus des assurances fondées contre les sifflets.

Mademoiselle Délia rappelle aussi les beaux jours de la comédie. Elle a paru successivement dans les principaux rôles, elle joue la *Comédienne* au naturel. Sa diction et l'esprit qu'elle donne à ses gestes, ont mérité tous les suffrages.

— Le premier Théâtre Français a recruté des débutans pour remplir le vide que laisse l'absence de Talma. Les recettes se sont élevées à quatre ou cinq cents francs l'une dans l'autre depuis quinze jours; excepté cependant quand on jouait l'*heureuse Rencontre* qui fourmille de détails piquans.

Stoclet fils a débuté. Son succès n'est pas contestable. Mais, l'Aréopage qui est un peu louche le lui a contesté. Damas ne s'est sans doute pas rappelé qu'il a joué jadis le mélodrame mieux qu'il ne joue la comédie. Il aurait dû témoigner de la prédilection à un artiste qui a fait preuve de talent dans l'un et l'autre genre.

— Les chanteuses et danseuses de l'Opéra mènent joyeuse vie. Elles se promènent pour leurs plaisirs. Les milords et les guinées abondent dans leur boudoir. Quel heureux temps que celui que l'on passe dans l'oisiveté. Les sages-femmes (non pas celles de l'académie royale de musique), mais les accoucheurs, à visage féminin, ne dorment ni jour ni nuit. Mesdemoiselles A.....: B...... leur taillent de l'ouvrage. Jamais saison ne fut plus profitable aux fruits de l'amour. Si les vendanges nous manquent cette année, les bâtards ne nous manqueront pas.

L'administration de la rue de Chartres, qui

ressemble assez au sénat de Venise, procède contre M. Delestre Poisson; une fille de M. Radet, qu'on ne regardait qu'avec indifférence, a jeté la pomme de discorde entre les plaideurs. Jamais *Frosine* n'aura tant fait parler d'elle !

—Le directeur du Vaudeville se met en quatre pour conserver l'estime de ses admirateurs; il est tout à sa direction. Des débutans qui ne sont pas sans mérite, Victor, Amédée et madame Guillemain, ont été accueillis avec intérêt. Il est probable que bientôt, par des choix heureux, il fera oublier le transfuge Gontier et la mourante dame Perrin.

—MM. Carmouche et Frédéric de Courcy ont associé de nouveau leur muse pour se faire applaudir. Ces joyeux et spirituels chansonniers sont quelquefois en butte aux sifflets de leurs rivaux ; mais, doués d'une bonne dose de philosophie, ils narguent l'infortune, et savent élever des paratonnerres pour éviter la foudre qui écrase tant d'auteurs, leurs confrères !

— MM***, voulant se venger des procédés peu chevaleresques d'un caissier de théâtre, se hâtèrent de composer une pièce à tiroir, où il figurait habillé en Canadien portant une massue à la main. Ils faisaient ainsi son portrait :

Air :

Je n'aime pas qu'on me raisonne ;
Je suis bourru, j'ai de l'humeur.
Je n'ai des égards pour personne ,
Pas même pour le directeur.
On me voit faire la grimace
Quand j'entends siffler nos couplets ;
Mais, je souris de bonne grâce
Le lendemain d'un beau succès !

— On prétend que les recettes de la *Demande en Grâce* ont rendu l'esprit de certain administrateur plus traitable. Il ne jure plus que trois fois par minute !

—Un marchand de calicots, épris des charmes de mademoiselle Aldégonde, lui avait envoyé le quatrain suivant :

Je t'aimerai, disait certain amant,
Tant qu'au printemps renaîtra la verdure ;
Tant qu'on verra briller au firmament
L'astre flambeau de la nature.

— La belle lui répondit soudain :
Je ne serai point inhumaine ;
Je t'aimerai, mon cher Bazin,
Tant que ta bourse sera pleine !

— *Guillaume le Flaneur* vient de publier une brochure sur le Second-Théâtre Français ; Charles Maurice, son ami, n'a-t-il pas eu la barbarie de fouetter l'auteur ! sans doute, il ne l'avait pas reconnu; les éloges outrés qu'il prodigue à la belle Percilliée, sa bienfaitrice, auraient dû lui donner cependant le mot l'énigme. Mais, Charles Maurice n'est pas un Œdipe; tout le monde le sait !..:

—On ne parle que d'une aventure arrivée à une danseuse de la Gaîté : ayant l'habitude d'aller se promener seulette à la barrière de Belleville, elle fut acostée par trois grenadiers suisses, garçons de bonne et belle humeur. Ils invitent la charmante...... à vider un flacon avec eux. Hors Paris, le vin se donne, et le sentiment marche à pas redoublé. La conversation roula quelques minutes sur la vertu des nymphes qui montraient le plus de légèreté dans le joli ballet de la *Sorcière*. Au grand désappointement de la raison, la danseuse prouva que les plus légères étaient les plus vertueuses. Alors, un des Suisses, profitant de l'assertion, engagea...... à walser. Sa démarche était lourde, gênée; tout à coup les cordons de son corset viennent à se dénouer; elle laisse apercevoir une rotondité non ambiguë. Cette rotondité leur donna la mesure de sa sagesse! Les Suisses réfléchirent qu'ils avaient perdu leur temps, puisqu'elle était si avancée! Ils s'appliquèrent donc à fumer, en priant l'agaçante Hébé de leur verser du nectar à trente centimes le litre; pour égayer leur ivresse; la danseuse chercha à les distraire, en donnant, en raccourci, une idée des mœurs dramatiques.

L'orateur féminin raconta les exploits de la belle Millot, les conquêtes de l'intéressante Adèle Dupuis, les tours de sensiblerie de la gent Letourneur; puis, passant en revue ses camarades dansantes, elle brûla l'encens de la contemplation sur l'autel de la riante Aurore qui, sur tous les points du globe, peut trouver des amis et des sentimens. Elle prétendait qu'après la soubrette de l'Ambigu, la sémillante Eléonore, c'était elle qui montrait le plus de science dans la diplomatie de Cythère. Ne croyez pas, ajouta-t-elle, que l'aimable et bonne Aurore, rentrée tous les soirs chez elle avant minuit, ne soit pas utile à l'état. Allez plutôt vous informer, *rue Sainte-Apolline*, au bureau des nourrices; mère excellente, si elle ne suit pas les préceptes de J. J. Rousseau, elle n'en mérite pas moins d'éloges. Ses matinées sont consacrées à des visites qui honorent ses affections. L'administration n'est point ingrate envers Aurore. Elle a augmenté ses appointemens, en attendant que les ministres lui accordent des gratifications bien gagnées !

Mais, adieu, je vous endors; des grenadiers ne vont pas souvent au spectacle. Ainsi, ces portraits ne peuvent vous intéresser. Quand je verrai le *Furet*, je lui procurerai des notes précieuses. Ami du scandale, il n'en dormira pas, lui!

—En effet, je rencontrai le soir même sur le *boulevard du Temple* cette *silencieuse* personne qui avait fréquenté quelques mois mademoiselle Fitzelier. Elle me narra d'autres anecdates concernant l'amie qui l'avait envoyée au fleuve de Lethé, depuis qu'elle venait de passer les Ponts! *Vanitas vanitatum*! s'écriait l'orateur. La perfide, je ne la vois plus *au grand Salon.....*

Fortune dont la main couronne! etc.

—Diantre, quelle érudition pour une danseuse!

—N'en soyez pas surpris, M. le Dard, c'est à *l'enseignement mutuel* que j'ai appris toutes ces belles choses.

—Le Palais-Royal est, comme l'on sait, le rendez-vous de la bonne et de la mauvaise compagnie. Un réglement de police empêche les filles soumises de s'y promener le jour pendant la première quinzaine de janvier, ce qui les contrarie beaucoup. Une actrice, renommée par ses exploits galans, et qui a l'habitude de regarder toujours derrière elle, pour voir si on la regarde, se promenait dans une de ces galeries que l'on pourrait comparer aux foires du Caire; un inspecteur du jardin la suit, ne doutant pas que mademoiselle.... viole le réglement. Un dialogue qui forme un quiproquo assez drôle, s'établit ainsi entre eux : — Eh bien! vous êtes de bonne heure au Palais! — Fantaisie, besoin de promenade! — Les affaires vont-elles comme vous le désirez? — Ah! le siècle d'or est passé, les amans abondent, mais les connaissances solides manquent! autrefois, j'avais des ducs, des chambellans dans ma manche. Les mœurs dégénèrent. — Vous êtes aussi tant sur les rangs! — C'est une calamité publique. — Il m'est pénible de vous conduire au corps-de-garde de la *rue du Lycée*; mais mon devoir l'ordonne. Vous n'avez pas le droit de venir ici avant six heures du soir. — Comment? Mes camarades ne m'ont pas dit cela. Est-ce que les actrices des Variétés sont comprises dans ce réglement. — Il ne s'agit pas des actrices des Variétés, mais de vous seule qui donniez des œillades à chaque passant; allons, pas de résistance!

Il fallut céder, pour éviter le bruit. Arrivée au corps-de-garde, le capitaine du poste ne tarda pas à s'apercevoir de la méprise de l'inspecteur. Il fit monter la victime dans un fiacre, en l'invitant de ne plus s'exposer désormais à une scène désagréable. Mademoiselle... promit; depuis cet événement, elle ne quitte pas le boulevard de Coblentz!

— Aristippe, ayant été mal accueilli dans le rôle de Tancrède, ne se déshabilla qu'à moitié dans sa loge. Il conserva ses bottines jaunes; et revêtu d'un carrick, il traversa le Palais-Royal pour se rendre chez lui. Un bottier, qui serait digne d'être tailleur, tant il a du goût pour créer les modes, aperçut Aristippe dans cet accoutrement. Il s'empressa de faire faire, pendant la nuit, cinq cents paires de bottes de cette couleur favorite; le lendemain, les Fierenfats accoururent dans sa boutique, et chaussèrent les Aristippe. La consommation épuisée, l'habile artisan en commanda par milliers. Le dissimulateur de l'Ambigu-Comique, voulut se mettre aussi à la mode. Il acheta et chaussa vite une paire de bottines jaunes; mais, comme un jour il descendait de cabriolet, près de la Bastille, ne voilà-t-il pas un polisson qui dit à un de ses amis : *regarde donc Tékéli avec ses bottes jaunes ?* — Frénoy perdit contenance, en maudissant les Aristippe.

— M. Saint-Romain, que le Roi vient de nommer chevalier de la Légion-d'Honneur, pour avoir sauvé la vie, sous le régime de Robespierre, à des infortunés que ce monstre vouait à l'échafaud, et en même temps pour avoir sauvé des eaux, à différentes reprises, des personnes qui se noyaient, ce directeur habile a cédé ses droits au sieur Lefeuve, au moment où tout semblait sourire à son zèle. Mais, aujourd'hui l'édifice s'écroule, et les procès marquent la décadence d'une direction placée entre les mains d'un homme qui n'a nulle connaissance dans l'exploitation d'une semblable entreprise. Les vœux des actionnaires et les désirs de la troupe se portent vers le sieur Saint-Romain, qui peut seul rétablir la paix entre les sociétaires.

La multiplicité des emplois, la superfluité des engagemens, le découragement qui naît des iniquités dont les auteurs se plaignent chaque jour, seront une des principales causes de la ruine de cette administration ; puis, le scandale affreux que vient de donner le sieur Lefeuve, en refusant de payer les appointemens à un comédien estimable, estimé, rempli de talent, et qui, par malheur pour les plaisirs du public, est demeuré un mois malade à la campagne ; ce trait d'inhumanité envers Emile irrite les esprits et accroît le nombre des ennemis d'un directeur cupide et processif.

Que Potier retourne aux Variétés; c'est là sa vraie et unique place ; que l'administration stimule les talens de l'original et plaisant Pierson, du joyeux et franc Moëssard, et qu'elle ne donne plus des bouts de rôle à Emile, elle sera certaine d'obtenir les faveurs dont elle est privée. L'agaçante et ingénieuse Jenny-Verpré qui est une perle fine qu'on ne revoit plus sur le boulevard, rentrera chez ses penates; et les auteurs mieux traités, liront sans peine des ouvrages meilleurs que les *Mogols* ! les ballets sont confiés à M. Blache fils. Il porte un beau nom; par la variété et la grâce de ces conceptions chorégraphiques(1), il soutient une réputation qui lui est acquise à juste titre.

Mais, actionnaires, si vous prétendez ne pas tomber dans la déconfiture, que la *morale* devienne le sceau de votre direction. Les pocureurs et les huissiers sont gens de mauvaise mine. Croyez-moi, le fisc avalera vos huîtres, si vous ne formez pas une coalition formidable contre l'hydre qui vous dévore.

Potier est très-comique dans le rôle d'un *Fort de la halle.*

—M. Warès entend fort bien la mise en scène,

______

(1) Le danseur Télémaque est aussi digne de figurer à l'Opéra auprès des premiers chorégraphes.

s'écrient les journalistes. C'est un génie ambigu-comique, disent ses détracteurs; il compose des mimo-drames pleins d'intérêt, mais qui n'ont jamais été représentés!

Le médecin de l'*Ambigu* a ordonné des courses en char à mademoiselle Lévesque pour la faire maigrir; car la porte d'entrée des coulisses semble trop étroite maintenant pour sa corpulence.

Mademoiselle Charles entretient une correspondance sentimentale avec un académicien renommé. Une de ses épîtres étant tombée entre mes mains, j'ai vu, non sans regret, qu'elle oubliait de mettre les points et les virgules. Qu'elle songe aux inconvéniens d'une pareille négligence. C'est enfoncer le poignard dans le cœur de son amant!!

—La *Sorcière* et les *Corsaires* sont visités chaque soir à la Gaîté avec un empressement admirable. Dussé-je passer pour un *pensionnaire* de la charmante Adèle Dupuis, je ne puis trop me répandre encore en éloges sur le talent de cette gracieuse actrice. Mesdemoiselles Rouzé, Bourgeois, Millot, qui est un très-beau page; MM. Marty, Ferdinand, Brégi, et l'acteur qui remplit le rôle d'un magistrat sanguinaire, soutiennent dignement la fortune de ce mélodrame.

Le Mercier se montre original dans les *Corsaires*; Parent joue bien aussi le rôle de bailli!

—L'acteur *Lequien* réclame contre la manière dont l'on écrit son nom. Quoique ce confident ne soit pas dépourvu de moyens et de zèle, je lui conseille de rester à la Gaîté. Sa prétention et le rapprochement de nom avec un artiste célèbre rendraient le parterre de *la rue de Richelieu* trop difficile!

— Toujours merveilles au Panorama Dramatique! la foule s'y porte chaque soir!

— Un faiseur d'impromptus me remet le couplet suivant qu'il a adressé, il y a peu de jours, à Zaïre Bourgoin :

AIR : *Mon petit cœur à chaque instant soupire.*

Il faut donc être épagneul pour vous plaire!
Du vôtre au moins que le sort paraît doux!
Sans soins, sans art et sans aucun mystère,
Il passe, Bourgoin, chaque nuit près de vous.
Ah! si jamais mon cœur vous intéresse.
Et quoique d'honneur je sois un bon chrétien,
Quand je viendrai vous peindre ma tendresse,
Au nom de Dieu, traitez-moi comme un chien.

— Il me restait encore, chers oisifs, plusieurs gravelures à placer sous vos yeux; mais le temps me presse, et je craindrais que le cadre de mes tablettes ne devînt trop étendu. Je ne vous dis pas adieu ; je continuerai ces esquisses qui n'attaquent l'honneur de personne ; car les actrices n'ont certainement pas la prétention d'obtenir le prix de la Rosière. Si je n'avais été provoqué par un *misérable*, qui m'a soustrait un modèle de lettre dont il a cherché vainement à abuser, jamais je n'aurais publié les bontés de Mesdemoiselles....... Ce n'est pas par haine contre ces jolies actrices, au talent desquelles je me plais à rendre justice, que j'ai levé le voile qui cachait la vérité, je n'ai voulu que démasquer un être sans pudeur, et qui, à l'aide d'un trafic nouveau, aspirait à la fortune ! loin de me vouer une animadversion qui n'est pas dans leur âme, elles doivent me remercier d'avertissemens gratuits qui les prémuniront désormais contre les courtiers-marrons de la librairie !

Quant à vous, mes amis, n'oubliez pas que le *Furet* est partout ; que s'il est entré, il y a quelques années, et souvent, dans le cabinet des ministres, il assiste à tous les plaisirs à toutes les fêtes des modernes Laïs. Il est l'ennemi juré de la solitude. Ses yeux de Lynx parcourent en un instant les boudoirs des plus célèbres courtisanes, et sa mémoire heureuse lui en rappelle les riantes conversations. Puisse-t-il toujours, narrateur fidèle, obtenir votre suffrage approbateur; c'est là son unique ambition!

FIN.

9 782329 135755